Kein Beileid

SHORTSTORIES

Miriam Schroiff

Bibliografische Information der Deutschen Nationalbibliothek:
Die Deutsche Nationalbibliothek verzeichnet diese Publikation in der Deutschen Nationalbibliografie; detaillierte bibliografische Daten sind im Internet über http://dnb.d-nb.de abrufbar.

IMPRESSUM

Copyright © 2019
2. überarbeitete Auflage
Autorin: Miriam Schroiff
Kontakt: mirita1@freenet.de
Buchsatz & Covergestaltung:
Stephanie Mattner
kontakt@stephanie-mattner.de
Bildrechte: S.11, S.93 & S.117 ©pexels.com
            S.31, S.43 & S.73 ©pixabay.com
Herstellung und Verlag:
BoD – Books on Demand, Norderstedt

ISBN 978-3-7494-3078-9

Für meine Mutter, meine Großmutter

und meine Tiere.

Ihr seid in mein Ich verwoben!

Vorwort

Der vorliegende Band umfasst sechs verschiedene Kurzgeschichten. Auch wenn die einzelnen Erzählungen sehr unterschiedlich sind, so eint sie doch das Motto des Titels *Kein Beileid.* Denn entweder verfügen die jeweiligen Charaktere nicht über die Fähigkeit zum Mit-Leid oder ihnen wird kein Bei-Leid entgegengebracht.

Zwei der Geschichten sind bereits in Anthologien erschienen. Die Geschichte Das *Versprechen* wurde Oktober 2018, im Rahmen des Schreibwettbewerbs *MYSHORTSTORY*, initiiert von BoD und Libri, von einer Jury in die Longlist der 10 besten Geschichten gewählt.

Vor lauter Freude darüber war ich so aus dem Häuschen, dass ich als Erstes meinen Namen getanzt habe.

Zu Kopf steigen konnte mir dieser Erfolg jedoch nicht; denn natürlich schwimme ich, literarisch gesehen, auch weiterhin mit, im Meer der Namenlosen.

Nun aber hinein in die Geschichten. Mögen diese euch Freude, Schrecken, Genugtuung und neue Horizonte schenken.

Eure Miriam Schroiff

„Wir machen uns ein gemeinsames Weihnachtsgeschenk Peg! Ich kauf mir ne Knarre und Du bekommst die Kugel."

AL BUNDY

Toni geht!

Ob mein Leben anders verlaufen wäre, wenn ich an jenem Montagmorgen nicht meine Wohnung verlassen hätte? Keine Ahnung!

Auf jeden Fall hätten Sie dann weder etwas von meiner Existenz noch von den folgenden, schicksalhaften Ereignissen erfahren. Gegen 10.00 Uhr morgens trat ich aus der Haustür und hatte gerade wenige Meter zurückgelegt, als hinter mir eine vertraute Stimme ertönte: „Hey Toni, altes Gewohnheitstier! Jeden Morgen ins Stammcafé und dann, wohin dann?"

Ich drehte mich um und blickte in Vasilis gebräuntes Gesicht. Beim Lächeln entblößte er seinen Goldzahn, in dessen Mitte ein herzförmig geschliffener Brillant glänzte. Sein kurzes Haar hatte er – wie üblich – zu einem

Dreieck hoch gegelt, dessen Spitze sich zu einer Seite neigte. Mich erinnerte diese Mini-Pyramide eher an einen Entenbürzel, als an einen coolen Look. Der exakt geschnittene Backenbart verbarg sein fliehendes Kinn. Nachdem er seinen roten BMW 3er direkt neben mir zum Stehen gebracht hatte, winkte er mich, durch das offene Seitenfenster hindurch, zu sich heran: „Habe auf dich gewartet, steig ein, Maria will dich sehen – privat, wenn du verstehst." Und ob ich verstand; sofort hatte ich den Duft von Marias Parfum in der Nase.

„Was ist los mit dir?", knurrte Vasili und hob eine Augenbraue: „Sie sagte mir, dass sie dich in den letzten Tagen immer wieder angerufen hätte – du hast nicht reagiert. Es ist doch alles klar zwischen euch, oder?" Lächelnd nickte ich und freute mich insgeheim darüber, dass Maria offensichtlich nicht genug von mir bekommen konnte. Ich stieg in den Wagen und wir bretterten los.

Vasili, Marias Stiefbruder, verehrte seine jüngere Schwester. Nach außen hin tat er so, als würde er ihre Vernarrtheit in mich akzeptieren. Tatsächlich jedoch ließ er mich mehr als einmal spüren, dass er mir misstraute und unsere Beziehung missbilligte. Wahrscheinlich war er der Meinung ich sei nicht gut genug für Maria.

Idiot, dachte ich grimmig und betrachtete mein Gesicht im Seitenspiegel. Während Vasili, ohne es zu wissen, den Spitznamen *Das Frettchen* trug – und diesen Namen verdankte er nicht der sprichwörtlichen Intelligenz dieser Tiere – hatten meine Erscheinung und mein kultiviertes Auftreten mir den Beinamen *schöner Toni* beschert.

Dass ich mir in der Frauenwelt zudem einen Ruf als umwerfender Liebhaber erarbeitet hatte, erwähne ich hier nur am Rande.

„Ok Kumpel", dröhnte Vasili: „Da drüben an der Ecke schmeiße ich dich raus. Geh jetzt pronto zu Maria. Ich sehe es nicht gern, wenn meine kleine Schwester einem Kerl hinterher telefoniert – hat sie auch gar nicht nötig." *Anscheinend doch,* ätzte ich in Gedanken. Dann schwang ich mich aus dem Schlitten und verabschiedete mich mit einem flüchtigen: „Ciao Amigo".

Marias Appartement lag circa 300 Meter entfernt. Der kurze Spaziergang – in klarer, kühler Herbstluft – gab mir die Gelegenheit meine Gedanken zu ordnen.

Die Distanz-Masche funktioniert immer wieder; macht die attraktivsten und begehrtesten Frauen verrückt, dachte ich gut gelaunt und konnte mir ein selbst-zufriedenes Lächeln nicht verkneifen. Zuerst umschmeichelte ich die Frauen mit Komplimenten, gab den romantischen Gentleman, auf der Suche nach seiner Traumfrau. Ich verwöhnte und beschenkte die Frauen. Natürlich vermittelte ich ihnen den Eindruck, dass meine lange Suche, nach

Ms. Right, nun endlich ein Ende hätte. Dann, nach vier oder fünf Wochen, ging ich langsam auf Distanz.

Die Zeit, in der ich mich für die neue Frau rar machte, nutzte ich, um das andere weibliche *Auslauf-Modell* loszuwerden. Eine letzte romantische Verabredung, innige Küsse und Dankesbekundungen für die kurzfristige, finanzielle Unterstützung; immer mit dem Versprechen verbunden, dass nun eine wunderbare, gemeinsame Zukunft vor uns liege. Und stets aufs Neue blickte ich in ihre dumm – naiven Visagen, las ihren flehenden Blick: *Ich brauche dich, ich liebe dich, bleib für immer bei mir.*

Mit Maria würde es etwas anders laufen. Sie war nicht nur sexy und klug; vor allem war sie die einzige Tochter des Immobilien Haies Bert Huber. Sein Geld, sehr viel Geld, hatte Huber vorwiegend mit dem Verkauf von

Schrott-Immobilien in Urlaubsregionen, entlang des Mittelmeeres, gemacht. Das war der Grund dafür, dass ich mir seine Tochter ausgesucht hatte.

Es kostete mich wenig Mühe ein *zufälliges* Treffen mit Huber zu arrangieren, in der von ihm bevorzugten Bar; dort feierte er gern seine erfolgreichen Geschäftsabschlüsse. Einige anbiedernde Gespräche, etwas Fachsimpeln und er lud mich zu einem Barbecue-Abend in den Garten seiner Villa ein. Bei dieser Gelegenheit lernte ich, wie von mir geplant, Maria kennen. Zwei Wochen nach unserer Begegnung löste sie ihre Verlobung mit einem englischen Galeristen und war seit dem mein Mädchen.

Natürlich stellte es ein Risiko dar mich mit ihr einzulassen, dessen war ich mir völlig bewusst. Eine baldige Verlobung mit ihr schien das Mindeste zu sein, was sie erwartete – ebenso ihr Vater.

Etwas fröstelnd schlug ich den Mantelkragen hoch und bog in die Straße, in der Maria wohnte. Wenn ich – nach einigen Monaten – mit ihr fertig wäre, dann würde ich, ja dann müsste ich das Land verlassen. Und ich wusste auch schon genau, wohin es mich zog, mit einem hoffentlich sieben-stelligen Betrag. Guatemala war das Land meiner Wahl: keine Auslieferung, mild-tropisches Klima, das Karibische Meer, eine faszinierende Artenvielfalt, Mangrovenwälder und Spanisch als Amtssprache.

Weshalb mir gerade in diesem Moment meine Eltern in den Sinn kamen weiß ich nicht. Jedenfalls tauchten die Umrisse ihrer bäuerlichen Gestalten vor meinem inneren Auge auf; wie sie im Schwarzwald, in ihrem kleinen Geschäft für christliche Devotionalien, standen.

Ihre Augen stets streng und vorwurfsvoll

auf mich gerichtet. Ein teuflisches Engelsgesicht nannten sie mich oft und versuchten mir, schon in früher Kindheit, meine angebliche Verderbtheit auszutreiben.

Ob mit einem Gürtel, einer Reitgerte oder einem abgebrochenen Stuhlbein – mein Vater erwies sich diesbezüglich als sehr erfinderisch und sparte nicht mit Schlägen. Manchmal brüllte er, während seiner *gottgefälligen* Züchtigung: "Wenn der Herr mir nun erscheinen würde, ebenso wie er einst Abraham erschienen ist, und er forderte von mir, meinen Sohn zu opfern. Mit Freuden erfüllte ich den Willen meines Gottes."

Erfreulicherweise erschien Gott jedoch dem Hans Vögele nicht, um ihm die Gelegenheit zu geben, seinen Sohn zu töten; und so steht er heute noch hinter der Ladentheke, an der Seite meiner einfältigen und duldsamen Mutter – im hinterletzten Nirgendwo.

Als ich später nach München zog und ein erfolgreicher Geschäftsmann wurde, offiziell handelte ich mit Antiquitäten, da wurden sie gnädiger. Mit Sicherheit vor allem deswegen, weil ich ihnen Geld zukommen ließ. Geld, welches sie dringend benötigten, für ihr, inzwischen marodes Geschäft, das nur noch rote Zahlen schrieb. Merkwürdig, trotz allem war mir die Anerkennung meiner Eltern immer wichtig, vor ihnen wollte ich gut dastehen.

Jetzt hatte ich den eleganten, mit Stuck verzierten, Altbau erreicht. Kaum hatte ich die Klingel betätigt, ließ Maria ihre verführerische Stimme über die Gegensprechanlage vernehmen: "Ja, hallo?"
„Sweetheart, ich bin es, dein Toni. Vasili sagte mir, dass Du mich sehen möchtest. Hier bin ich und gehöre ganz dir".

Sie ließ mich ein und ich durchquerte die Eingangshalle, deren Boden italienische Marmorplatten zierten. An den Wänden hingen rechts und links Spiegel, in reich verzierte Goldrahmen gefasst. Mit dem Fahrstuhl fuhr ich bis zu ihrem Penthouse.

Während ich auf ihre Wohnungstür zuging, packte mich eine prickelnde Vorfreude auf dieses herrlich verdorbene Geschöpf mit dem biblischen Namen. Ja, mit dieser Frau würde ich es gut aushalten können – eine Weile zumindest.

Die Tür war nur angelehnt und als ich in den Flur trat, kam Maria mir entgegen. Sie trug den apricotfarbenen Seiden-Kimono, der ihre weiblichen Rundungen umschmeichelte. In ihr langes Haar, das wie Mahagoni schimmerte, hatte sie ein grünes Band geflochten. „Ah Toni, endlich", hauchte sie und schenkte mir einen lasziven Augenaufschlag: „Ich dachte schon, du hättest mich vergessen."

Anstelle einer Antwort zog ich sie in meine Arme und wollte sie küssen; sie entwand sich jedoch meiner Umarmung, ging um mich herum zur Wohnungstür und schloss diese sorgfältig ab. Dann blieb sie vor der Tür stehen und fixierte mich mit einem Blick, dessen Ausdruck mich irritierte, da er eine Mischung aus Traurigkeit und Bitterkeit verriet. An dieser Einschätzung hatte ich keinen Zweifel, mit Gefühlsäußerungen von Frauen kannte ich mich schließlich aus.

Verwirrt war ich, ehrlich gesagt, vor allem deshalb, weil ich nicht wusste, was sie jetzt von mir wollte oder von mir erwartete. Einige Sekunden lang standen wir uns einfach nur schweigend gegenüber.

Als Maria endlich zu sprechen begann, zitterten ihre Lippen und ihre Stimme klang seltsam verzögert: „Toni, hier ist jemand, der dich begrüßen möchte."

Wie aufs Stichwort trat die hoch gewachsene, blond gelockte Frau in den Flur. Einen Moment lang hatte ich das Gefühl, dass der Boden unter meinen Füßen schwankte, weshalb ich mich am Dielenschrank abstützen musste; übrigens ein Geschenk von mir – Empire Stil, frühes 19. Jahrhundert.

Unbändige Wut stieg in mir auf. Vor mir stand tatsächlich Vanessa; meine letzte Eroberung – vor Maria. *Verdammt*, schoss es mir durch den Kopf, was machte diese dämliche Ziege denn hier und warum lebte sie überhaupt noch?

Mit einer theatralischen Geste schwang Vanessa einen Arm in die Luft. Dann zeigte sie mit dem Finger auf mich und spuckte mir hasserfüllt ihre Worte entgegen: „Du mieses, verlogenes Stück Dreck, damit hättest du wohl nicht gerechnet, was? Maria hat mich an dem Abend befreit, sonst wäre ich in dem scheiß Kühlraum verreckt, du geldgeiler Mörder!"

Ungläubig und fassungslos starrte ich auf die Totgeglaubte. War mir etwa ein Fehler unterlaufen? Nein, wie immer hatte ich alles perfekt geplant und ausgeführt.

Einen romantischen Abend mit einer schönen Überraschung hatte ich Vanessa versprochen; das war vor drei Tagen. Wir fuhren in ein kleines Restaurant, außerhalb der Stadt und ich säuselte, dass wir den ganzen Laden nur für uns zwei allein hätten.

Wochen vorher hatte ich dieses Lokal schon ausgekundschaftet. Es bedurfte weniger Besuche und einschmeichelnder Gespräche mit dem Inhaber; schon führte dieser mich stolz durch alle Räume, wobei ich unter anderem auch die neue Kühlraumanlage bewundern durfte.

Bei dieser Gelegenheit entdeckte ich, dass die

Hintertür des Restaurants nur mit einem einfachen Schloss gesichert war. Ein solches Schloss zu knacken gehörte zu meinen leichtesten Übungen. Als ich dann noch erfuhr, dass montags Ruhetag war, rief ich Vanessa an und lud sie für den Montagabend ein.

Jetzt hatte ich mich von dem ersten Schreck erholt und versuchte meiner Stimme den warmen, sonoren Klang zu geben, den die Blondlocke so gern mochte: „Vanessa, meine liebe, du hast das alles ganz falsch verstanden, wenn du mich erklären lä...." Weiter kam ich nicht.

Nun war es Maria, die mich mit heiserer Stimme unterbrach: „Ich habe dich in den letzten zwei Wochen beschatten lassen, wollte wissen, was du in deiner freien Zeit so treibst. Als ich erfuhr, dass du dich mit einer anderen Frau triffst, hat mich das rasend gemacht. An dem Abend, vor drei Tagen, bin ich dir dann selbst gefolgt und wollte dich zur Rede stellen."

Sie holte tief Luft, so als bräuchte sie viel Kraft, um weiter sprechen zu können: „Dann habe ich beobachtet, wie du mit ihr", makellos manikürte Fingernägel zeigten auf Vanessa, „durch die Hintertür des Restaurants verschwunden bist."

Tränen füllten Marias Augen und liefen ihr über die Wangen: „Später sah ich dich allein heraus kommen; du bist ganz gemütlich zum Wagen geschlendert, hast dir eine Zigarette angezündet und bist einfach losgefahren."

Inzwischen war ihre Stimme kaum noch zu verstehen, schluchzend und tränen-erstickt presste sie ihre nächsten Worte hervor: „Nachdem du gegangen warst, habe ich nachgeschaut, wo deine Begleiterin geblieben ist. Ich benutzte denselben Eingang, durch den du das Restaurant verlassen hattest. Erst schien alles ruhig zu sein, dann aber hörte ich gedämpfte Schreie und ein entferntes Klopfen – es kam aus dem Kühlraum."

Vanessa gab einen undefinierbaren, jaulenden Laut von sich. Schnell wandte ich mich zu ihr um und öffnete den Mund, doch sie kam mir zuvor und zischte: „Halt bloß dein verfluchtes Maul Toni. Es ist Zeit für dich zu gehen!"

Nichts lieber als das, dachte ich erleichtert, hob beide Arme entschuldigend in die Höhe und war gerade im Begriff mich von Vanessa abzuwenden, als mich plötzlich ein brennender Schmerz durchbohrte; fast unmittelbar gleichzeitig hörte ich einen dumpfen Knall.

Instinktiv hielt ich meine Hände schützend vor die Brust. Mein Kopf machte einen Ruck nach rechts und da sah ich sie – die zierliche, goldschimmernde Waffe in Marias Hand.

Ach – eine Spielzeugwaffe, dachte ich noch belustigt, als ich auch schon spürte, dass ich nach hinten fiel.

Ein letztes Mal öffnete sich vor meinen Augen Marias seidiger Kimono und entblößte ihren nackten Körper.

Dann wurde alles schwarz.

„Solange der Mensch Tiere schlachtet, werden die Menschen auch einander töten. Wer Mord und Schmerz sät, kann nicht erwarten, Liebe und Freude zu ernten."

PYTHAGORAS VON SAMOS

Eiskalt!

Mittwoch, der 6. Februar, 14.00 Uhr. Inzwischen redete Hauptkommissar Wessel schon fast eine dreiviertel Stunde auf die junge Frau ein. Und es lief immer wieder auf dieselben Fragen hinaus.

„Wie oft noch", presste Jana Tender entnervt hervor: „Wie oft soll ich noch wiederholen, dass ich diesen Herrn Rolfsen zum ersten Mal in der Bar gesehen und nur kurz mit ihm gesprochen habe?"

Wessel stand auf und beugte sich über den Tisch zu ihr herüber. Sie nahm den Geruch von Orangen und Pfeifentabak wahr. „Dann sagen Sie mir jetzt nochmals Frau Tender, worüber genau Sie in der Tilolo Bar mit Herrn Rolfsen gesprochen haben?"

Jana räusperte sich: „Dieser Mann sah,

dass ich etwas aufschrieb und wollte wissen, ob ich mich auch für das Speed Dating am Abend eingetragen hätte. Zweimal wöchentlich laufen wohl im Tilolo diese Single-Veranstaltungen."

„Das ist mir nicht bekannt", log Wessel und erinnerte sich schmerzlich an den Dienstag vor drei Monaten. Er hatte selbst an einem dieser Speed Datings teilgenommen, in der Hoffnung auf diesem Wege eine passende Frau für die nächsten Jahre oder zumindest für eine Nacht zu finden.

Die vollbusige, freche Russin, die ihm so gut gefallen hatte, ließ ihn böse abblitzen. Sie möge nur Männer mit Löwenmähne. Thomas Wessel hingegen hatte den größten Teil seines Kopfhaares schon mit Anfang 30ig verloren.

Dämliche Zeitverschwendung, dieses Single Dating, dachte er und widmete sich wieder der mädchenhaften Erscheinung, ihm gegenüber. Ihr langes, dunkelbraunes Haar trug Jana offen; zunehmend ängstlich, versuchten ihre olivgrünen Augen dem Blick des Ermittlers standzuhalten. „Frau Tender, Zeugen haben ausgesagt, dass Sie sich mindestens zehn Minuten mit Herrn Rolfsen in dieser Kaffeebar unterhalten haben, ein bisschen lang für eine einfache Auskunft, finden Sie nicht?"

Nervös kniff Jana die Augen zusammen und entgegnete: „Dann haben wir uns eben noch über Belanglosigkeiten unterhalten, das weiß ich doch jetzt nicht mehr im Detail. Sagen Sie mir endlich, was passiert ist."

Wessel straffte die Schultern und sagte mit ernster Miene: „Herr Rolfsen ist gestern, am späten Abend, einem Gewaltverbrechen zum Opfer gefallen. Er ist erschossen worden, im doppelten Sinne eiskalt, wenn man bedenkt, dass wir draußen zur Tatzeit Minus-8 Grad hatten."

Janas Augen weiteten sich, sie schluckte und ihre Stimme klang heiser: „Das ist schrecklich!"

„Ja, Mord ist schrecklich", bestätigte Wessel nickend: "Und deshalb verstehen Sie sicher Frau Tender, wie wichtig es ist, dass Sie mir sagen, wo genau Sie sich gestern Abend zwischen 22.30 und 23.00 Uhr aufgehalten haben."

Erschöpft und resigniert setzte Jana erneut an: „Gegen 22.00 Uhr habe ich die Musik-Hall verlassen. Meine Freundinnen Lisa und Barbara, die mit mir zusammen dort waren, haben Ihnen das sicher bereits bestätigt. Weil ich kein Taxi mehr erwischen konnte, bin ich zu Fuß nach Hause gegangen. Der größte Teil meines Heimweges ist nur schlecht durch Straßenlaternen beleuchtet. Tut mir leid, dass ich mich nicht für Sie unter eine der wenigen Laternen gestellt habe um den Vorbeikommenden zuzurufen:

Hey, schaut mich genau an, damit ihr bestätigen könnt, dass ihr mich gesehen habt!"

Wessel seufzte: "Frau Tender", weiter kam er nicht; ein Klopfen an der Tür unterbrach ihn und ein uniformierter Kollege trat ein.

„Waas ist?", knurrte der Hauptkommissar und fixierte den jungen Polizisten so missmutig, dass dieser den Mund zwar öffnete, aber einmal ins Leere schnappte, bevor er verkündete, dass die Spurensicherung am Telefon sei und ihn sprechen wolle.

Umständlich erhob sich Wessel und verließ den Raum. Einige Minuten später betrat er auf quietschenden Sohlen wieder das Büro und baute sich unmittelbar vor Jana auf: „Also gut Frau Tender, für heute sind wir hier fertig. Sagt Ihnen der Name Birte Stockow vielleicht etwas?", fragte er und fixierte sie mit einem durchdringenden Blick. Jana schaute auf ihre Hände und gab sich den Anschein, als forsche sie in ihrem

Gedächtnis. Dann hob sie den Kopf, blickte Wessel direkt in die Augen und entgegnete: „Nein, dieser Name sagt mir gar nichts".

„Habe ich mir gedacht", gab Wessel zurück.

„Sie können jetzt gehen Frau Tender".

Jana atmete erleichtert auf. Die Bitte des Hauptkommissars, sie möge ihre Kontaktdaten hinterlegen, quittierte sie mit einem „In Ordnung" und verließ das Büro. Nachdem sich die schwere Tür des Hauptgebäudes hinter ihr geschlossen hatte, sog Jana die kalte, rauchige Luft ein.

Es roch nach Freiheit.

Die ersten Schritte legte sie noch in gemäßigtem Tempo zurück, danach beschleunigte sie ihren Gang.

Der Mord an Harald Rolfsen war Jana Tenders erster Auftrag. Seit zwei Jahren schon gehörte sie der Organisation der Animal-Warrior an.

Endlich erhielt sie die Gelegenheit, sich für ihre Mitgeschöpfe einzusetzen. Monate der Observation und Vorbereitung waren nötig gewesen, um den Plan durchführen zu können.

Rolfsen und seine *Geschäftspartnerin* Birte Stockow gehörten zu den Hauptinitiatoren von illegalen, grausamen Hundekämpfen. Die Tiere starben qualvoll, unbeachtet in ihrem Todeskampf und liegen gelassen, wie Müll.

Deshalb hatte Jana keine Gewissensbisse Harald Rolfsen an dem besagten Nachmittag im Tilolo anzusprechen, sich als Interessentin für Hundekämpfe auszugeben und ihm ein beträchtliches Sümmchen in Aussicht zu stellen. Um 22.15 Uhr trafen sie sich, unter einer Brücke im Park. Die Brücke lag nur wenige Hundert Meter von der Musik-Hall entfernt.

Rolfsens ungläubigen Blick und seinen, weit aufgerissenen Mund, während er rücklings in den Schnee kippte, würde Jana nie mehr vergessen.

Nachdem sie den Mann erschossen hatte, übergab Jana die Waffe, mit zitternden Händen, zwei heraneilenden Organisationsmitgliedern; die arrangierten alles so, dass der Verdacht auf Birte Stockow fallen musste. Stockow wollte zwar raus aus dem blutigen Geschäft, hatte aber hohe Schulden bei Rolfsen, der sie nicht von der Angel ließ.

Eisiger Wind fegte durch die Straßen und trieb Jana vorwärts. Während sie Schritt für Schritt weiter ging, formten ihre Lippen, wie von selbst, die Worte:

„Jetzt habe ich es getan. Werde ich es wieder tun?

JA, gewiss!"

„Gehe nicht hinter mir, vielleicht führe ich nicht. Geh nicht vor mir, vielleicht folge ich nicht. Geh einfach neben mir und sei mein Freund."

ALBERT CAMUS

Das Versprechen

Sie erwachte durch den Druck von feucht-kalten Fingerkuppen auf ihrer nackten Haut. Und sofort stieg ihr ein säuerlicher Geruch in die Nase. Er atmete stoßweise und tastete sich in die begehrten Regionen ihres Körpers vor. „Lass mich, ich bin müde", wagte sie einen kläglichen Versuch, um ihn abzuwehren. Als er nicht reagierte, setzte sie nach, und wusste doch genau, dass sie damit alles nur schlimmer machen würde: „Ich sage es Mama!".

Verärgert, durch die Störung seiner Lust, zischte er ihr ins Ohr: "Du weißt, was ich mit deiner Mama und dir mache, wenn du auch nur ein Wort sagst." Spucke glänzte in seinen Mundwinkeln: "Ich übergieße deine Mama mit kochendem Wasser und ziehe ihr mit einem großen Messer die Haut ab; danach bist du dran. Willst du das?" „Nein", wimmerte sie, „tu meiner Mama nicht weh!".

Dann ließ Tina ihren 11-jährigen Körper weich werden – so weich wie Knete. Immer, wenn sie ihren Widerstand aufgab, verließ etwas ihren Körper; es war zart und schön, gewoben aus Träumen und Hoffnungen – gehalten durch nebelhafte Fäden. Fast konnte sie sehen, wie es durch ihre Lippen entwich, obwohl sie diese doch fest zusammen presste, um keinen Laut von sich zu geben. Stille Schreie der Verzweiflung und des Schmerzes verschmolzen mit jedem ihrer Atemzüge.

Am nächsten Morgen wurde Tina von der gehetzten Stimme ihrer Mutter geweckt: „Komm steh auf, ich muss gleich los. Dein Kakao steht auf dem Tisch und deine Brote sind in der Box." Das Mädchen rappelte sich verschlafen hoch und umarmte ihre Mutter – ganz fest. „Lass das, dafür haben wir keine Zeit", sagte ihre Mutter gereizt. Sie löste sich aus der Umklammerung und band das lange, braune Haar ihrer Tochter mit einem Haarband zusammen.

Zwanzig Minuten später lief Tina den Gehweg entlang, hin zur Schule. Auf ihrem Brustbein wippte der kalte, schwere Altbauschlüssel auf und ab. Er war an einer roten Samtschnur befestigt, die sich, im Gegensatz zum Schlüssel, weich an ihren Hals schmiegte.

Ihre Mutter musste oft bis zum frühen Abend arbeiten, wohingegen DER, wie sie den zweiten Ehemann ihrer Mutter nannte, kam und ging, wie es ihm gefiel. Ein Jahr nach der Heirat hatte er seinen Job als Türsteher verloren und sich seitdem nicht mehr um Arbeit bemüht.

Tinas Mutter hatte ihr Studium abgebrochen und schuftete, inzwischen waren es drei Jobs, um ihre Tochter, DEN und sich selbst durchzubringen. Das Geld war knapp und gespart wurde an allen Enden; auch an den Enden von Tinas Hosen. Immer wenn sie aus einer ihrer Hosen heraus gewachsen war, nähte ihre Mutter eine entsprechend breite Borte an die Hosenbeine. Zumindest durfte sich das Mädchen die Motive auf den Borten selbst aussuchen.

Und weil Tina die Comics mit Donald Duck liebte, zierten die Bewohner von Entenhausen fast jede ihrer Hosen. Wie oft wünschte sie sich nach Entenhausen. Mit Tick, Trick und Track wollte sie Abenteuer erleben und auf dem Bauernhof von Oma Duck würde sie, gemeinsam mit Dicky, Dacky und Ducky, helfen die Tiere zu versorgen.

Eine Freundin hatte Tina auch in ihrem äußeren Leben. Cleo stand schon vor der

Schule und wartete auf Tina. Die Mädchen trafen sich jeden Morgen vor dem Gebäude und liefen zusammen in ihren Klassenraum. Als beste Freundinnen teilten sie ihre Träume und ihre Geheimnisse miteinander. Von ihrem Zuhause allerdings erzählten sie wenig – Tina erzählte gar nichts und ihre Freundin fragte auch nicht nach.

Über Cleo wusste Tina nur, dass sie Papas Prinzessin war – daran änderten auch ihre abstehenden Ohren nichts. Ihr jüngerer Bruder genoss nicht dieselbe Zuneigung. „Einmal", berichtete Cleo kichernd, „da hat er sich vor Angst eingepinkelt, weil Papa ihn bei den Hausarbeiten so angebrüllt hat."

Tina fand das gar nicht lustig. DER brüllte auch oft und er schlug ihre Mama. Jeden Abend lag Tina deshalb angespannt in ihrem Bett; sie blieb solange wach, bis DER nach Hause kam. Dann lauschte sie auf die Stimmen. Blieb alles ruhig schlief sie vorsichtig ein.

Meist blieb es nicht ruhig. Die Stimme ihrer Mutter und vor allem die Stimme von DEM wurden immer lauter. Während ihre Mutter nach einiger Zeit flehte und bettelte, brüllte er irgendetwas. Kurz darauf hatte er sich so in Rage geschrien, dass er einen Stuhl, eine Lampe oder etwas anderes packte und gegen die Wand warf.

Jetzt war der Moment gekommen, in dem Tina aufsprang und in die Küche lief. Dort griff sie sich alle scharfen Gegenstände: Messer, Gabeln und die kleine Brotschneidemaschine. Wenn DER die Sachen in seine Hand bekäme, dann würde er ihre Mama totstechen, da war sich das Mädchen sicher.

Zurück in ihrem Bett, die Dinge unter der Bettdecke verstaut, wartete sie zitternd und weinend darauf, dass der Terror aufhörte. Wenn es zu lange dauerte, lief sie ins Schlafzimmer, warf sich DEM zu Füßen und flehte: „Bitte, sei wieder lieb, wir machen doch alles für dich." Tatsächlich beschwichtigte ihn das meist. Tinas Hass und Ekel, gegenüber DEM kannten keine Grenzen; obwohl, eine Grenze schon – ihre Angst vor DEM waren noch eine Messerspitze größer.

Die erste Schulstunde begann an diesem Tag mit Englisch. Tina mochte das Fach und ihre Lehrerin bestätigte ihr oft: „Your English is very good my dear". Nach einer halben Stunde betrat Frau Klotte, die Klassenlehrerin den Raum und unterbrach den Unterricht. Neben ihr stand ein Junge.
Tina glaubte ihr Herz müsste stehen bleiben, so toll fand sie ihn. Er trug eine schwarze Jeans und einen cremefarbenen Rollkragenpullover. Das blau-schwarze, kurze Haar war nach hinten gekämmt – die eine oder andere störrische Strähne stand vom Kopf ab. Seine schmalen, grünen Augen durchstreiften den Raum.

„Hört mir alle mal zu", ließ Frau Klotte ihre scheppernde Stimme ertönen: „Das hier ist Falk. Er ist erst vor Kurzem mit seiner Familie in diesen Bezirk gezogen und das ist sein erster Tag an unserer Schule. Seid nett zu ihm und helft ihm sich hier wohlzufühlen."

Ein Junge aus der dritten Reihe witzelte, ob sich Falk in ihrer Klasse genauso wohl fühlen solle wie die anderen Schüler und erntete einige Beifallsbekundungen.

Tina konnte ihre Augen nicht von Falk lassen. Als er sie entdeckte, ließ er seinen Blick einfach auf ihr ruhen. Und als er sie dann auch noch anlächelte, wurde Tina ganz schwurbelig.

Frau Klotte deutete auf einen leeren Stuhl in der zweiten Reihe; Falk aber ignorierte ihre Geste und steuerte gezielt auf den freien Stuhl neben Tina zu. Mit einem Schulterzucken verließ die Klassenlehrerin das Zimmer.

Tina traute sich nicht, den tollsten aller tollen Jungen anzuschauen. Durch seinen Pullover hindurch verströmte seine Haut eine angenehme Wärme. Am liebsten hätte sie sich dicht an ihn gedrückt. Dann hätten sie nur noch zusammenwachsen müssen und keinem wäre es jemals möglich gewesen sie zu trennen.

Noch nie hatte ein Junge solche Gefühle bei Tina ausgelöst. „Auf welcher Seite sind wir?", fragte Falk und beugte sich so nah zu Tina hinüber, dass sich ihre Schultern berührten.

„Da!", piepste sie mit dünner Stimme und zeigte mit dem Finger auf Seite 18 des aufgeschlagenen Schulbuches.

Nach einer Weile ließ Tinas Scheu gegenüber Falk etwas nach. Und in der Pause liefen beide, Seite an Seite, zur großen Buche auf dem Schulhof. Dort trafen sich die Freundinnen in jeder Pause, begutachteten ihren Pausenbrot-Aufschnitt und erzählten sich das Neueste.

Vor der dritten Schulstunde – Mathematik – graute es Tina schon. Frau Klotte war nicht nur die Klassenlehrerin der 6b, sondern unterrichtete auch Mathematik; ein Fach, in dem die 11-jährige nicht durchblickte. Natürlich hätte dies für die Lehrerin kein Grund sein sollen, Tina an die Tafel zu holen und sie, vor der gesamten Klasse, lächerlich zu machen. Doch genau dies tat Frau Klotte – oft und gern.

„So, wer kommt denn jetzt mal nach vorn und rechnet für uns diese Aufgabe zu Ende?", frage die Lehrerin rhetorisch und zeigte mit ihrem spitzen, altrosa lackierten, Fingernagel auf… Tina natürlich. Die wäre am liebsten im Erdboden versunken. Stattdessen erhob sie sich in Zeitlupentempo und schlich an die Tafel.

„Hier", die Lehrerin reichte dem Mädchen die Kreide: „Welche Zahl muss hier eingetragen werden, damit das Ergebnis stimmt?" Tina wand sich und hauchte: „Weiß ich nicht!". Triumphierend riss ihr Frau Klotte das Kreidestück aus der Hand: „Ach du weißt es nicht, ist ja mal was ganz Neues", entgegnete die *Pädagogin* in gehässigem Tonfall. Einmal in Fahrt gekommen trat sie nach: „Du wirst es auch in Zukunft nie lernen, das kann ich dir jetzt schon versprechen. In dein Gehirn dringt nämlich nicht mal ein Laserstrahl."

Nach diesem vernichtenden Urteil drehte sich Frau Klotte wieder der Klasse zu. Die, teils hämischen, teils pflichtbewussten Lacher quittierte sie mit einem zufriedenen Gesichtsausdruck.

Tina verließ den Ort ihrer Beschämung mit

hochrotem, gesenktem Kopf. Obwohl sie, und auch einige andere Mitschüler, regelmäßig von Frau Klotte vorgeführt wurden, konnte sie sich einfach kein dickes Fell zulegen – immer wieder tat es weh.

Sie vermied es, Falk anzusehen. Als sie aber dicht an ihm vorbei ging, um auf ihren Sitzplatz zu gelangen, da fing sie doch seinen Blick auf und erschrak. Seine Lippen hatte er, scheinbar zu einem einzigen Strich, zusammengepresst. Er starrte, an Tina vorbei, nach vorn und ihr kam es so vor, als würde er die Klotte mit seinen Blicken durchbohren.

Und dann sah sie etwas, dass sie wenige Minuten später als Einbildung abtun würde. Hinter den Pupillen seiner saphirgrünen Augen glitt ein Schatten vorbei – wie ein schwarzer Tintenklecks zog er vom linken Auge hin zum rechten und verschwand dann hinter der Schläfe.

Kaum hatte sie sich gesetzt, spürte sie seine Hand, die sich schützend auf ihre legte; er lächelte ihr aufmunternd zu. Keine Spur mehr von wandernden Schatten, nur kleine Goldsprenkel auf klarem Grün.

Nach Schulschluss schlenderten Tina und Falk durch das eiserne Hoftor. „Hast du noch Zeit?", fragte er sie. Zeit, davon hatte Tina wirklich mehr als genug. Das Mädchen versuchte jeden Tag, so spät wie möglich nach Hause zu kommen, um nicht mit DEM alleine sein zu müssen. „Wir könnten zum Park", schlug sie vor: „Auf Bäume klettern und uns vom großen Hügel herunter kullern lassen." Ein zustimmendes Nicken als Reaktion und die beiden bogen rechts in eine breite, befahrene Straße ein.

„Macht die Klotte dich oft so nieder?", fragte Falk behutsam. „Schon, aber nicht nur mich", verteidigte sich Tina. Er sollte nicht denken, dass sie die einzige *Niete* in der Klasse war. „Ich bin ja auch zu blöd in Mathe. Dachte schon, du willst nichts mehr mit mir zu tun haben, wenn du merkst, wie dumm ich bin."

„Du bist nicht blöd; die Klotte ist blöd und gemein dazu", entgegnete er und fügte in feierlichem Ton hinzu: „Weißt du, ich bin kein gewöhnlicher Junge, ich habe magische Kräfte. Wenn jemand gemein zu dir ist, dann brauchst du mich nur zu rufen und ich komme dir zur Hilfe – versprochen."

Tina runzelte die Stirn. Sie fand diesen Jungen so lieb und hübsch; er sollte nicht denken, dass sie ihm nicht glaubte. „Auf jeden Fall hast du einen richtigen Zauberer-Namen", antwortete sie lächelnd und machte eine elegante Verbeugung: „Verehrtes Publikum, Applaus für den einzigartigen Falk."

„Meine neue Freundin glaubt mit nicht", stellte Falk belustigt fest: „Du musst nur aussprechen, was du willst; dann stellst du dir genau vor, was passieren soll und sagst: Falk, hilf! Probier es mal aus."

Noch ganz trunken vor Stolz, dass Falk sie seine Freundin genannt hatte, ließ sich Tina auf das *Spiel* ein und schloss die Augen: „Gut, ich will, dass die Klotte mich nie mehr an die Tafel holt und mir nie mehr etwas Gemeines sagen kann." Sie stellte sich die Lehrerin vor, wie diese den Mund öffnete, jedoch nur unverständliches Gemurmel zu hören war. Abschließend besiegelte sie ihren Wunsch deutlich vernehmbar: „Falk hilf!".

„So soll es sein!", rief Falk vergnügt, ergriff Tinas Hand und zog sie auf den breiten Sandweg, hinein in den Park.

Unter einer üppigen Eibe entdeckten die beiden das Metallgerippe eines alten Kinderwagens. Der war, bis auf die fehlende Stoffbespannung, noch voll funktionsfähig – sogar die Räder rollten einwandfrei. Sie tauften das Gefährt Rappelkiste. Und nachdem sie ihre *Rappelkiste* auf den großen Hügel, nahe des Ententeiches, geschoben hatten, sprangen beide auf und fuhren, johlend vor Vergnügen, den kleinen Berg hinunter. Während der Fahrt hielt Tina ihren neuen Freund fest umschlungen. Der Fahrtwind brauste an ihren Ohren vorbei und ihre Nasenspitze berührte den weichen Haarflaum in seinem Nacken.

Ein solches Glück, wie in diesem Augenblick, hatte Tina noch nie empfunden.

Acht Fahrten später verbargen sie die Rappelkiste wieder sorgsam hinter dem schützenden Blattwerk des Baumes.

„Ich habe noch etwas von meinem Taschengeld, magst du ein Eis?", erkundigte sich Falk. „Mögen Fische das Wasser?", antwortete Tina kess und fügte hoffnungsfroh hinzu: „Gehen wir morgen wieder nach der Schule in den Park?" Er nickte und drückte ihr einen scheuen Kuss auf die Wange.

Die Berührung seiner Lippen fühlte sich wie ein weiches, fruchtiges Gummibärchen auf ihrer Haut an.

Als Tina, noch immer eingehüllt in die schönsten Gefühle, die Wohnung betrat, sah sie ihre Mutter, durch die geöffnete Küchentür. Sie stand am Herd und fragte in schroffem Ton: „Wieso kommst du denn so spät, hast du bis jetzt nichts gegessen? Setz dich, ich bin gerade dabei den Grünkohl aufzuwärmen." *Wieder Grünkohl mit Knackern,* dachte das Mädchen und sah vor ihrem geistigen Auge eine Portion Nudeln mit Tomatensoße – ihr Lieblingsessen. „Kann ich am Wochenende bei Cleo übernachten, ihre Eltern erlauben es?" Abwesend rührte ihre Mutter im Topf: „Von mir aus". Dann füllte sie ihrer Tochter und sich selbst je eine Portion in Porzellanschüsseln. Schweigend saßen beide am Tisch und Tina bemerkte den – ihr so vertrauten – traurigen, erschöpften Ausdruck im Gesicht ihrer Mutter. „Ich hab dich lieb!", sagte das Mädchen und drückte die Hand der Erwachsenen. „Ich habe dich auch lieb", antwortete diese und seufzte: „Aber das Leben ist einfach zum Kotzen. Lange halte ich das nicht mehr aus, dann springe ich aus dem Fenster oder hänge mich auf."

Mehrmals in der Woche verkündete ihre Mutter dies mit gequälter Stimme. Davor hatte Tina am meisten Angst; dass sie ihre Drohung wahr machte und ihre Tochter allein auf der Welt zurückließ, allein mit DEM.

Worte erreichten ihre Mutter nicht mehr, wenn sie in dieser Stimmung war, das wusste die 11-jährige; und so stand sie auf, brachte ihren Teller zur Spüle und verließ mit hängenden Schultern die Küche. Ihre Hochstimmung war verschwunden, so wie hinter einer dunklen Wolke die Sonne verschwindet.

In dieser Nacht blieb es ruhig. DER schloss weit nach Mitternacht die Wohnungstür auf und ging wenige Minuten später ins Schlafzimmer.

Am nächsten Morgen erreichte Tina als erste die Steintreppe vor dem Schulgebäude und wartete auf ihre Freundin. Cleo, die wenig später eintraf, begrüßte Tina mit einem schelmischen Lächeln: "Ich habe gestern gesehen, dass du mit Falk abgezogen bist?" Tina nickte: „Ja, wir waren im Park und später noch ein Eis essen." Mehr erzählte sie nicht, denn was sie mit Falk erlebt hatte und was sie für ihn empfand, das wollte sie, allein für sich, in ihrem Herzen bewahren.

Die Schüler der 6b hatten sich in ihrem Klassenzimmer eingefunden, als Frau Meile den Raum betrat. Eigentlich hätte Frau Klotte die erste Unterrichtsstunde gehabt, weshalb es die Schüler erstaunte ihre Englischlehrerin zu sehen. Mit ernster Miene brachte Frau Meile die Kinder zur Ruhe: „Ich muss euch leider mitteilen, dass etwas passiert ist. Frau Klotte hat gestern Abend etwas Schlechtes gegessen und sich vergiftet; sie musste ins Krankenhaus.

Inzwischen geht es ihr zwar besser, aber sie wird nicht mehr an unsere Schule zurückkommen. Näheres bespreche ich später mit euren Eltern."

Diese Nachricht löste unterschiedliche Reaktionen bei den Schülern aus. Fassungslos schaute Tina zu Falk hinüber, der aber wirkte völlig unbeteiligt und entspannt. Nur seine Geste erinnerte an ihr gestriges *Spiel*; er schwenkte seinen Bleistift, wie einen Zauberstab, und lächelte sie verschwörerisch an.

„Ich muss mit dir reden", raunte Tina ihrem neuen Freund zu, als beide in der Pause die glänzend-gewachsten Treppen zum Schulhof hinunter liefen. In einer verschwiegen Ecke, nahe der Aula, stellte die 11-jährige den Gleichaltrigen zur Rede: „Hast du etwas mit der Vergiftung zu tun?" Falk setzte einen unschuldigen Blick auf. Tina kniff die Augen zusammen: „Gestern versprichst du mir Hilfe und heute ist die Klotte weg vom Fenster. Hast du dich vielleicht bei ihr Zuhause eingeschlichen und ihr Essen vergiftet?" Falk verzog die Lippen zu einem spöttischen Grinsen: „Na, das wäre ja dann wohl keine Magie, oder?" Als er Tinas besorgten Blick sah, wurde seine Stimme sanft: „Ich bin der Klotte nicht gefolgt, ehrlich. Sie hat sich an einem Fisch vergiftet und sich während eines Krampfes ihre Zungenspitze abgebissen – deshalb kommt sie auch nicht wieder. In Zukunft macht sie niemanden mehr runter; sie ist nämlich *leider* nur noch sehr schlecht zu verstehen."

Das Mädchen runzelte die Stirn: „Und woher weißt du das mit der Zunge?" Falk machte eine wegwerfende Handbewegung: „Du glaubst mir ja eh nicht, was soll ich da noch reden. Auf jeden Fall ist dein Wunsch in Erfüllung gegangen. Gehst du denn mit mir nachher noch in den Park oder willst du jetzt nicht mehr?" *Mit dir gehe ich überall hin,* dachte Tina. Sorgen machte sie sich schon deshalb keine, weil sie Falk das mit der Magie nicht glaubte.

Es war einfach ein riesiger Zufall; so wie am letzten Wochenende, als sie mit ihrer Mutter den Trödelmarkt besuchte. Da fand sie genau das Mickey Maus Heft, welches in ihrer Sammlung noch fehlte. Dabei handelte es sich um eine Ausgabe vom letzten Jahr. Solche glücklichen Zufälle gab es eben manchmal.

Sie reichte Falk die Hand und beide machten sich auf den Weg zum Pausenhof. Als die beiden später den Park erreichten, stellten sie erleichtert fest, dass ihre Rappelkiste noch immer unter der Eibe stand. Wie am Tag zuvor fuhren sie, voller Begeisterung, den Hügel hinunter. Und abermals fühlte sich Tina an Falks Seite, wie in einem Rausch der Glückseligkeit.

In der Nacht riss ein Geräusch Tina aus ihren Träumen. Sie sah, wie sich ein Schatten aus der Dunkelheit löste. Der Schatten kam langsam auf sie zu: DER!
Lautlos legte er sich neben sie und begann die Knöpfe ihres Schlafanzugoberteils zu öffnen.
In diesem Augenblick erkannte das Mädchen, dass Hass und Ekel eine Messerspitze größer waren, als ihre Angst. Sie griff zu dem Radiowecker, der hinter ihr im Regal stand und schlug DEM damit kräftig gegen

den Kopf. Einen Moment lang rührte DER sich nicht, dann verzog sich sein Gesicht zu einer widerlichen Grimasse; er ächzte: „Du blöde Sau!".

Er packte Tina an bei den Armen, zerrte sie aus dem Bett, ergriff mit beiden Händen ihren Kopf und knallte ihn mit Wucht gegen die Ecke des Holztisches. Tina schrie auf und DER ließ sie los.

Im nächsten Augenblick ging das Licht an und Tinas Mutter stürmte ins Zimmer: "Um Gottes Willen, was ist hier los?" Blut tropfte DEM von den Händen; DER stammelte: "Sie muss im Dunkeln ausgerutscht und gegen die Tischkante gefallen sein." Bestürzt wandte sich die Mutter zu ihrer Tochter und betastete die blutende Kopfwunde.

Zehn Minuten später fuhren sie mit dem Taxi zum Krankenhaus. In der Klinik wurde die Platzwunde desinfiziert und genäht.

Der behandelnde Arzt bestand darauf, die 11-jährige über Nacht im Krankenhaus zu behalten – wegen einer möglichen Gehirnerschütterung. Alles drehte sich in Tinas Kopf. Ihre Mutter und DER standen vor dem Behandlungszimmer und unterhielten sich mit dem Arzt. DER sprach von einem Unfall.

Plötzlich öffnete sich die Tür eines angrenzenden Raumes und Falk trat leise ins Zimmer. *Jetzt drehe ich durch*, dachte Tina und begann am ganzen Körper zu zittern. Trotzdem fragte sie die Gestalt, die nun vor ihr stand und genauso aussah wie Falk: „Was machst du hier?" Der Junge strich ihr zärtlich mit den Fingerspitzen über die Wange: „Ich habe gespürt, dass dir etwas passiert ist, und meine inneren Bilder haben mich genau hierher geführt." Tina erzählte Falk von ihrem *Unfall*, doch der schüttelte nur traurig den Kopf: „Nein, kein Unfall, das war

DER! Ich habe dir versprochen, dass ich dir helfe. Du weißt, was zu tun ist: DER soll dir nie wieder wehtun."

Das war zu viel für Tina. In einer Flut aus brennenden, salzigen Tränen brach sich der ganze Schmerz Bahn. Schluchzend drückte sie ihr Gesicht ins Kissen. Als ihre Mutter und DER den Raum betraten, blickte Tina auf – Falk war verschwunden.

Kurz vor Mitternacht schlüpfte Tina aus ihrem Krankenhausbett und schlich auf den Gang, hin zu einem großen Fenster. Sterne strahlten vom Nachthimmel zu ihr herunter. Sie straffte ihre Schultern und flüsterte: „Ich will, dass DER für immer verschwindet und niemandem mehr weh tun kann." In ihrer Vorstellung lag DER mit verdrehten Gliedern auf einem großen Schrotthaufen. In seinem Mund tummelten sich Maden und seine aufgerissenen, toten Augen starrten ins Leere."

Dann sprach Tina ruhig und bestimmt die
Worte: „Falk, hilf!"

„*Schon die kleinste Katze ist ein Meisterwerk*"

LEONARDO DA VINCI

Maximilians Plan

Helena lehrt an einer Kunsthochschule visuelle Kommunikation. Wegen ihres freundlichen Wesens ist sie allgemein beliebt. Mit einigen ihrer Kollegen ist sie befreundet und lädt diese in regelmäßigen Abständen zu sich nach Hause ein, so auch Studienrat Raimund. Helena ist nicht die Hauptperson dieser Geschichte.

Im Mittelpunkt des Geschehens steht Maximilian, der sich gerade in diesem Augenblick entspannt auf dem grünen Samt-Sofa im Wohnzimmer räkelt. Helena und er bewohnen eine Altbauwohnung am Stadtrand von Berlin.

Jetzt dringt das Geräusch von klapperndem Geschirr an Maximilians Ohr. Wenn er hört, dass Helena in der Küche arbeitet, gibt ihm das stets ein Gefühl von Geborgenheit. Als der Duft von gegrilltem Fisch in seine Nase steigt, erhebt er sich und läuft in die Küche. Helena lächelt ihn an und füllt einen Teller mit Fisch und Gemüse. Maximilian verschlingt seine Portion mit großem Genuss und begibt sich dann wieder ins Wohnzimmer, wo er im Sessel Platz nimmt.

Maximilian liebt Helena. Nur, wenn sie anfängt, vor anderen Menschen mit ihm in dieser unnatürlich hohen Stimmlage zu sprechen und ihn herum zeigt, dann ist sie ihm peinlich.

In solchen Momenten zweifelt Maximilian, ein fünfjähriger Karthäuser-Kater mit rauchgrauem Fell, an Helenas Verstand. Aber er weiß inzwischen auch, dass diese *Entgleisungen* rasch vorüber gehen.

Menschen interessieren den Kater im Allgemeinen wenig. Mit Ausnahme von Helena, die ihn versteht und gut für ihn sorgt. Am liebsten ist er mit ihr allein in der Wohnung. Am Abend streckt er sich dann neben ihr auf dem Sofa aus, wo für ihn eine weiche Decke bereit liegt. Sie streichelt ihn und spricht mit sanften Worten auf ihn ein. Er schnurrt und manchmal miaut er zustimmend, wenn es ihm passend erscheint.

Das ganze Jahr über steht Maximilian ein Balkon zu Verfügung, der eine Umrandung aus festen Fäden hat. Als er vor einiger Zeit mit Helena am Wasser war, hat der Kater so eine Umrandung gesehen. Die Menschen holten damit mehr Fische aus dem Wasser, als er mit bloßen Pfoten fangen kann. Zu Maximilians Bedauern hängen in den Fäden an seinem Balkon nie Fische.

Helena betritt das Wohnzimmer, hebt den Kater sanft vom Sessel auf und setzt ihn sich auf den Schoß. Sie erzählt etwas; er hört die Namen Raimund und Klara. Beide kommen manchmal in ihre Wohnung. Als Geste des Verstehens reibt der Kater sein kleines Maul an Helenas Handinnenfläche. Maximilian findet die beiden angenehm. Besonders Raimund, der ihm oft etwas Fressbares mitbringt. Dafür setzt sich der Vierbeiner dann für kurze Zeit neben Raimund und dieser darf ihn streicheln.

Maximilian ist nicht entgangen, dass Raimund Helena gern hat; wenn er auf seinem Schoß sitzt und Helena kommt in Raimunds Nähe, dann beginnt das Herz des Menschen-Mannes schneller zu pochen. Das kennt Maximilian von sich selbst, wenn er aufgeregt ist. Die wichtigste Feststellung dazu macht der Kater jedoch, wenn er Raimund beim Essen beobachtet. Der Mann schaut während der gesamten Mahlzeit nur Helena an und konzentriert sich gar nicht auf seinen Teller. Deshalb verfangen sich

auch oft Essensreste in Raimunds Bart —
zwar sind diese nur winzig, der Kater kann
sie dennoch sehen und riechen.

Natürlich ist es nicht Maximilians Aufgabe
sich um die Fellpflege in Raimunds Gesicht
zu kümmern, vor allem, da er, Maximilian,
viel mehr Haare im Gesicht hat und diese
stets mit großer Sorgfalt pflegt. Aber wie gesagt, der Vierbeiner mag diesen Menschen.
Deshalb springt er auf Raimunds Knie und
tut so, als wünschte er sich, gestreichelt zu
werden. Unauffällig, scheinbar spielerisch,
nähert er sich dann mit seinem Mäulchen
Raimunds Gesichtsfell. Blitzschnell zieht er
mit seiner Zunge die Speisereste aus dem
dunklen Haargeflecht.

Helena und Klara lachen, wenn sie dies
sehen und auch Raimund lacht. Keiner von
ihnen bemerkt, dass es sich um echte Arbeit
handelt.

Nach diesen meisterlich durchgeführten

Pflegeeinsätzen zieht sich Maximilian meist auf die Fensterbank zurück. Er schließt die Augen, legt den Kopf auf beide Vorderpfoten und lauscht den Gesprächen.

Manche Wörter wiederholen sich oft. Eines dieser Wörter ist *Rahmen-Plan*. Ein merkwürdiges, ein interessantes Wort, wie der Kater findet. Helena sag das Wort auch manchmal, ohne Rahmen.

Inzwischen hat sich Maximilian eine Vorstellung davon gemacht, was ein Plan ist. Ein Plan besteht aus Ideen, Wörtern und gezielten Bewegungen. Wenn die Ideen in Wörter umgesetzt wurden und die Wörter wiederum in Bewegungen, dann ist der Plan zu Ende und es wird ein neuer Plan gemacht.

Helena seufzt und bringt Maximilian dadurch wieder in die Gegenwart zurück. Er beschließt, sich jetzt aufmerksam auf den Klang ihrer Stimme zu konzentrieren. Mit kreisenden Bewegungen krault Helena die Kopfhaare ihres Katers und spricht den Namen Kelvin aus. Der Name Kelvin ist neu für Maximilian. Der Kater hebt den Kopf und stellt ein Ohr auf. Als Helena den Namen sagt, beginnt ihr Herz schneller zu schlagen. Sie spricht den Namen so aus, als ob sie Rauch in die Kehle bekommen hätte. Der Karthäuser kennt seine Lebensgefährtin gut genug um genau wahrzunehmen, dass dieser Kelvin eine wichtige Bedeutung für sie hat. Ihn versetzt der Name in Unruhe. Und er hofft, dass dieser Menschen-Mann nicht in sein Zuhause kommt.

Am selben Tag, es ist Nachmittag, kommen Klara und Raimund. Maximilian liegt in der Hängematte seines Katzenbaumes. Von dort aus hat er nicht nur das große Zimmer, sondern auch den Flur und die Wohnungstür im Blick. Helena und Klara reden miteinan-

der, sie lachen – Raimund lacht nicht. Als
Maximilian zu ihm auf die Couch springt
und seinen Kopf an ihm reibt, legt Raimund
seine Hand schlaff und unbeweglich auf
den Körper des Katers. Maximilian empfin-
det die schwere Hand, die auf ihm lastet, als
unangenehm. Dennoch wartet er, aus Sym-
pathie, einige Minuten, bevor er sich befreit
und erneut seinen Platz in der Hängematte
einnimmt.

Es klingelt – Helena öffnet die Tür und
schmiegt ihren Körper an den Mann, der
den Flur betritt. Dieser Mann ist Kelvin,
spürt Maximilian.

Jetzt läuft Helena zu ihrem Kater. Sie hebt
den flauschigen Karthäuser auf ihren Arm
und stellt sich so vor Kelvin, dass Maximilian und der Mann auf Augenhöhe sind.
Maximilian findet, dass Kelvins Augen die
gleiche Farbe haben, wie der Sand in seinem
Klo. Während der Mann mit den Katzenklo-

augen redet und der Kater die Worte *Kumpel,*
Helena, teilen hört, klopft Kelvin Maximilian
so derb auf den Kopf, dass diesem von der
Erschütterung übel wird.

Helena drückt ihren Kater kurz an sich und
lässt ihn dann sanft auf den Boden gleiten.

Ohne sich nochmals umzuschauen, rennt
Maximilian in das benachbarte Schlafzimmer und springt in den alten Holzkleider-
schrank, dessen Tür stets einen Spalt geöffnet ist. In dem Schrank riecht es tröstlich
vertraut. Maximilian kratzt sich eine Mulde
und lässt sich in die Weichheit fallen.

Nach kurzer Dösezeit schläft er ein.

Als er mit knurrendem Magen aufwacht,
hört der Kater leise Stimmen. Jemand lacht
gurgelnd – es ist nicht Helena. Der Kater betritt das Wohnzimmer; er sieht Helena und
Kelvin. Beide liegen eng umschlungen auf
dem Samtsofa. Die innige Nähe zwischen

den beiden erschreckt das Tier.

Auf leisen Pfoten macht sich Maximilian auf den Weg zur Küche, wo sein gefüllter Napf steht; er hat keinen Hunger mehr. Während sich Kelvin und Helena nun im Schlafzimmer miteinander beschäftigen, liegt Maximilian frustriert auf der Küchenfensterbank und hofft immer noch, dass dieser Mann bald sein Zuhause verlässt.

Gefühlt lange Zeit später schleicht er in das Dunkel des Schlafzimmers. Dort erkennt er die Umrisse von Helena und Kelvin unter der Decke. Deprimiert rollt sich Maximilian am Fußende des Bettes ein und drückt seinen Rücken an Helenas Zehen.

Plötzlich reißt ein unfassbar großer Schmerz Maximilian aus dem Tiefschlaf. Er hängt mit seinem Körper in der Luft, während ihn etwas gepackt hält, das sich schneidend in seinen Nacken gräbt. In Todesangst, gepeinigt von extremen Schmerzen windet sich der Kater und will gerade laut schreien, als leise wispernd Kelvins Stimme an sein Ohr dringt. Das Wort „Drecksvieh" verlässt die Lippen des Mannes; dann fliegt der Kater durch den Raum und landet vor der, halb geöffneten, Schlafzimmertür.

Von Panik erfüllt rast Maximilian durch die Wohnung bis in die Küche und versteckt sich dort unter dem Küchenschrank. Dass Kelvin ihm so weh tut, damit hat der Kater nicht gerechnet. Er kauert sich unter den Schrank und überlegt zitternd, was er tun kann. Nur eine einzige Möglichkeit sieht er in dieser Situation für sich. Er braucht einen Plan!

Wenige Minuten später schleicht der Kater zurück in das Schlafzimmer. Nahezu lautlos springt er auf das Regalbrett, das über dem Doppelbett angebracht ist.

Früher standen auf dem Holzbrett Gegen-stände, die haben Maximilian gestört; mit seinen Pfoten hat er die Dinge weggestoßen und es sich dann bequem gemacht. Nun steht schon seit Längerem nichts mehr auf *seinem* erhabenen Platz.

Ganz langsam schiebt sich der Kater jetzt auf dem Regalbrett voran, bis zu der Stel-le, unter welcher Kelvin schläft. Mit genau abgezirkelten Bewegungen dreht sich Ma-ximilian und gräbt die Krallen seiner Vor-derpfoten in das weiche Holz. Dann lässt er sich, mit dem Hinterteil zuerst, hinunter gleiten, wobei er mit seinen Krallen im Holz verankert bleibt. Einen kurzen Moment schwingt er, gleich einem großen haarigen Pendel, über Kelvins Kopf. Noch einmal An-schwung nehmen und die Krallen einziehen, mehr braucht es nicht.

Ca. 70 cm tief fällt Maximilian, genau wie geplant, auf das Gesicht des Mannes. Weniger als drei Sekunden kann der Kater seinen Triumph genießen, auf Kelvins Gesicht zu liegen und ihm sowohl Mund als auch Nase zu verschließen.

Als Maximilian unter sich einen kurzen Ruck, gefolgt von einem erstickten Laut wahrnimmt, springt er von Kelvin ab und läuft durch die Schwärze des Raumes, hinaus auf den Flur. In der Küche angelangt, taucht er seine Stirn in den Wassernapf. Das Schlafzimmer ist inzwischen hell erleuchtet. Der Kater hört Kelvin etwas brüllen. Auch Helena sagt etwas; ihre Stimme klingt erschrocken und zugleich verschlafen. Gleich werden beide aufstehen und ihn suchen, da ist sich Maximilian sicher. Deshalb springt er mit einigen Sätzen ins Wohnzimmer und steckt seinen Kopf zwischen die heißen Stangen der Heizung – nur ganz kurz.

Kaum hat er Zeit sich auf dem Fußboden zu positionieren, da sieht er auch schon Helena und Kelvin auf sich zukommen. Helena kniet sich vor ihn und betastet sein Gesicht, seine feuchtwarme Stirn. Ihre Stimme wirkt jetzt aufgeregt, sie dreht sich zu Kelvin und sagt die Wörter „Arzt" und „Auto – der reagiert nicht auf Helena. Er steht nur da und starrt Maximilian an.

Plötzlich schreit Kelvin etwas in die Stille hinein, dass Maximilian nicht versteht, und stürzt sich auf den Kater. Helena versucht noch, sich schützend über Maximilian zu werfen, doch Kelvin zerrt sie grob von ihrem Kater weg. In panischer Angst weicht Maximilian Kelvin aus, der jetzt beide Hände zu Klauen geformt hat.

Nur wenige Zentimeter trennen Maximilian und Kelvin noch voneinander, als sich der Kater, in letzter Sekunde, mit einem Sprung durch das Fenster auf den Balkon retten kann. Helena schreit: „Nein, bitte!".

Maximilian sitzt lauernd auf der Brüstung

seines Balkons. Er faucht und schlägt mit seinen ausgefahrenen Krallen nach Kelvin, der jetzt unmittelbar vor ihm steht. Ungeachtet der Hiebe und Bisse packt Kelvin mit beiden Händen den Hals des Katers, reißt das Tier in die Höhe und drückt zu.

Maximilian kämpft verzweifelt, aber erfolglos. Gerade, als alles vor seinen Augen verschwimmt, hört er ein lautes Krachen – und der Griff seines Feindes löst sich. Helena steht mit einem Stuhl hinter Kelvin. Kelvins Körper kippt nach vorn, über die Brüstung, und der Mann stürzt in die Tiefe.

Nachdem Maximilian sich wieder gefangen hat, schaut er vorsichtig vom Balkon hinunter auf Kelvin; der, irgendwie verdreht, auf dem dunklen Rasen liegt, eingewickelt in das Balkonnetz. Er stöhnt und zappelt in dem Netz – wie ein riesiger Fisch, denkt Maximilian.

Da die Wohnung von Helena und Maximilian in der ersten Etage liegt, ist die Tiefe, in die Kelvin gestürzt ist nur relativ tief.

Schluchzend und immer noch benommen stolpert Helena zum Telefon. Kurze Zeit darauf sieht Maximilian, wie Kelvin von zwei Männern aus dem Netz befreit wird. Gestützt von den beiden wankt er – unter Stöhnen – auf ein großes, blinkendes Auto zu. Helena spricht auch mit den Männern, jedoch nicht lange. Die Tür des großen Wagens wird geschlossen und der Kater beobachtet, wie das Auto, samt Kelvin, immer kleiner wird.

Helena telefoniert noch einmal. Und als Maximilian wenig später Raimund sieht, freut er sich.

Hektisch erzählt Helena ihrem Kollegen etwas, dann kommen ihr wieder die Tränen. Raimund nimmt sie in den Arm. Der Kater beobachtet, dass Helena in sein helles Hemd weint. Wie gern Raimund Helena im Arm hält, ahnt Maximilian.

Deshalb wundert er sich darüber, dass Raimund sie nach wenigen Momenten sanft von sich schiebt und sich zu ihm hinunter beugt. Behutsam tastet Raimund den Körper des Katers ab, auch dessen Stirn.

Dann hört Maximilian Raimund sagen: „Du, mein liebster Freund."

„Berlin ist mehr ein Weltteil als eine Stadt."

JEAN PAUL

Der schamanische Trance-Tanz

Anfang der neunziger Jahre in Berlin. Ich war eine junge, lebenshungrige Frau und hatte mir eine Freizeitbeschäftigung zugelegt, die auf meine Umgebung befremdlich wirkte. In regelmäßigen Abständen nahm ich an exotisch anmutenden Tanzworkshops teil. Den *nordafrikanischen Beduinentanz*, den *angolanischen Kizomba* und *Semba* sowie den *irischen Flatley* hatte ich schon absolviert, als mir an einem Oktober Morgen folgende Anzeige, in einem Stadtteilmagazin, auffiel: „Schamanischer Trance-Tanz mit Elaforo. Befreie Deine Energie!".

Ohne zu zögern, wählte ich die angegebene Telefonnummer und nach kurzem Klingeln meldete sich eine angenehme, männliche

Stimme. Nachdem ich einige Sätze mit Elaforo gewechselt hatte, wusste ich, wann und
wo der Trance-Tanzworkshop stattfinden
sollte.

Zwei Tage später machte mich auf den
Weg, bekleidet mit einer schwarzen Fleece
Hose und einer goldenen Samtbluse, welche
mit gerafften Ärmeln ausgestattet war.

Was für eine Bruchbude, dachte ich, als sich
der fünfstöckige Kreuzberger Altbau in
seinem ganzen Elend vor mir präsentierte.
Geplatzter Putz und misslungene Graffiti
waren noch das kleinste Problem dieses
Hauses. In der vierten und fünften Etage
fehlte bei mehreren Fenstern das Glas. Bett-
wäschestücke in den bizarrsten Farben und
Mustern waren, anstelle des Fensterglases,
von einem Rahmen zum anderen gespannt
worden.

Ebenso wie damals, bin ich auch heute noch

davon überzeugt, dass jedes Gebäude ein Lebewesen ist. Einmal gebaut entfaltet es, entsprechend der inneren Ereignisse und der äußeren Instandhaltungsbemühungen, seine je eigene Aura. Es bedurfte einiger Sätze positiver Selbstsuggestion, bis ich mich dazu durchringen konnte, dieses Haus zu betreten.

Im zweiten Stock wurde ich von ohrenbetäubend lauter Musik empfangen. Der Refrain „Popperverklopper", von irgendeiner deutschen Punk-Band, dröhnte scheppernd aus dem Lautsprecher eines Kassettenrekorders. Die passenden Rezipienten standen, saßen und lagen im Hausflur, vor den Wohnungstüren. Sie zuckten rhythmisch mit ihren Oberkörpern zu dem Song.
„Wo geht es denn zum Trance-Tanz?", schrie ich einen blassen Punk an, der mit hoch gezuckerten, türkisen Stachelhaaren

die Bewegungen eines E-Gitarristen imitierte. Und ich erhielt tatsächlich eine Art Antwort. Erst streckte der Typ den Mittelfinger seiner linken Hand in die Höhe, dann folgte der Arm. Während er auf mich zu hüpfte, schnellte sein Arm, dicht vor meinem Gesicht, auf und ab – mehr auf als ab. Ich verstand – das spirituelle Event fand im nächst höheren Stockwerk statt.

Übrigens habe ich den Punker vor zwei Wochen wieder gesehen. An seinen türkisblauen Augen, die damals perfekt mit der Farbe seiner Haarskulptur korrespondierten, habe ich ihn gleich erkannt. Herr Rudlick, so sein Name, arbeitet seit einigen Wochen in meiner Hausbank, einer Genossenschaftsbank, als Filialleiter.

Lediglich das abnehmende Tageslicht, welches durch die Fenster des Hauses dümpelte, spendete dem dritten Stock ein schwaches Licht. Ich drückte den Klingelknopf der Mittelwohnung und ließ es klingeln. Kurz darauf öffnete sich langsam und knatschend die braun lackierte Holztür.

Bis auf die Augen erkannte ich von dem Menschen, der jetzt vor mir stand, getaucht in das Dunkel des Wohnungsflures, nur die Umrisse.

Dämonisch-intensiv, wie ich schaudernd empfand, fixierten mich zwei stechende, schwarzbraune Augen, die in übergroßen weißen Augäpfeln ruhten. Obwohl mich der Schreck packte, brachte ich stockend hervor: "Möchte zum schamanischen Trance-Tanz mit Elaforo!"

„Roro", antwortete mir eine ältere Männerstimme. „Gut, dann eben zu Elaroro", verbesserte ich mich. „Nein, ich bin Roro", stellte sich der Mann vor. *Ist mir so was von egal,* dachte ich und begrüßte ihn als Herrn Roro.

Der Mann trat zur Seite und knipste den Lichtschalter an, woraufhin die funzelige Deckenbeleuchtung einen currygelb gestrichenen Flur in Erscheinung treten ließ.

Bei Roros Anblick zuckte ich zusammen. Sein dunkelhäutiges Gesicht war faltig und großflächig mit Narben bedeckt; schwarze, filzige Rastalocken reichten ihm bis zur Hüfte. Mit meinen zwanzig Jahren erschien mir damals jeder, jenseits des vierzigsten Lebensjahres, uralt. Dieser Mann aber, da gab es für mich gar keinen Zweifel, war älter als die Pyramiden selbst.

„Komm mit, Elaforo ist hinten", sagte Roro bestimmt und setzte sich, nachdem er die Wohnungstür hinter uns geschlossen hatte, erstaunlich leichtfüßig in Bewegung.

Mein Gesicht fühlte sich heiß an und ich wünschte mich an einen anderen Ort, irgendeinen anderen. In dem ersten großen Raum, den wir betraten, offenbarte sich mir ein schrecklicher Anblick. Kein einziges Möbelstück stand in diesem Zimmer, dessen Boden mit einem weichen, braunen Teppich ausgelegt war. An den weiß gestrichenen Wänden hingen bemalte Holzmasken und, kaum zu fassen, Schrumpfköpfe! Solche Menschenköpfe, auf Puppengröße geschrumpft, hatte ich zuvor nur im Museum und in TV-Dokumentationen gesehen.

„Ähh, diese Köpfe an den Wänden, was ...?", weiter kam ich mit meiner Frage nicht. Schlagartig blieb Roro stehen und drehte sich langsam um. Er kniff die Augen zusammen, legte den Kopf schief und taxierte mich. Im Flüsterton hörte ich ihn sagen: „Keine Angst, die sind nicht alle echt". Falls mich die Antwort beruhigen sollte, verfehlte sie dieses Ziel zu 100 %.

Ich schluckte, meine Kopfhaut begann zu kribbeln und ich ersann einen Fluchtplan:

Umdrehen, losrennen und dieser Schreckenskammer so weit wie möglich entfliehen.

Statt jedoch meinen Plan umzusetzen, folgte ich Roro mit hölzernen Schritten und musste herausfinden, dass sich in dem zweiten Zimmer, welches wir durchquerten, exakt das gleiche furchtbare Bild bot. Auch hier Masken und menschliche Köpfe an den Wänden.

Das war`s jetzt, dachte ich panisch: *Eine kannibalische Sekte hat mich hierher gelockt und bald hängt mein Kopf auch, völlig vertrocknet, an einer dieser Wände. Der einzige Schrumpfkopf mit blonden Haaren, dabei ist das nicht mal meine Naturhaarfarbe. Wieso denkst Du in diesen Moment an so einen unsäglichen Quatsch, wie an Deine Haarfarbe und lässt Dich dabei direkt zur Schlachtbank führen?,* kreischte eine innere Stimme.

Als der Mann, der sich Roro nannte, die Tür zu dem dritten Zimmer öffnete und ich eintrat, atmete ich erleichtert auf. Die Angst, die sich wie ein enger Gurt um meinen Hals geschnürt hatte, fiel von mir ab. Dieser Raum wirkte freundlich und war hell erleuchtet. Der PVC Boden unter meinen Füßen ahmte visuell einen Terracotta Steinboden nach. In einer Ecke des Zimmers stand eine Saunabox, die, wie ich schätzte, vier, vielleicht auch fünf Personen platz bot. Gegenüber der Sauna stand eine Holzbank.

An der anderen Seite des Raumes war, mittels Metallstreben eine Kabine aufgebaut worden, welche durch bodenlange, karminrote Vorhänge die Sicht in ihr Inneres verbarg. „Elaforo ist noch mit den anderen in der Sauna, die werden gleich heraus kommen – Wiedersehen", hörte ich Roro in einem gelangweilten Tonfall sagen.

Da ich diesen unheimlichen Menschen auf

keinen Fall wieder sehen wollte, rief ich ihm
ein flüchtiges „Adieu" zu.

Die Holzbank, auf der ich mich nieder ließ,
war bequemer, als sie aussah. Nicht zum
ersten Mal hatte mir meine ausufernde Ein-
bildungskraft einen Streich gespielt. Dies
war im Grunde schon seit meiner Kindheit
so und ich kannte es gar nicht anders. Es gehörte zu meinem Alltag, diesen umzulügen,
zu einem spannenden, lebensgefährlichen
Abenteuer. Trotzdem wunderte ich mich
über meine neuste Kapriole: *Eine kanniba-
lische Sekte*, wie lächerlich. Vielleicht jedoch
stimmten auch einfach meine aufrichtigen
Wahrnehmungen nur nicht mit den Fakten
überein.
Während ich vor der Sauna auf der Bank
saß und über meine Wahrnehmungsfähig-
keit sinnierte, dröhnte mir plötzlich jemand
ins Ohr: „Hallo, na jetze jet ded ja gleich los

– ick freu ma schon druff!"

Von mir unbemerkt hatte sich ein vollbärtiger Mann, den ich spontan auf Ende 30ig schätzte, neben mich geschmiegt und lächelte erwartungsvoll in meine Richtung; zwei Goldzähne schimmerten tapfer in seinem maroden Gebiss. „Ja, davon gehe ich auch aus", gab ich zurück und stellte mir vor, wie mein Sitznachbar verzückt tanzend den Kopf in den Nacken warf, während sein Mundgold im Neonlicht blitzte. „Ick bin der Peter, aba Du darfst ma Putzi nennen!" Erwachsene Männer, die sich selbst mit Kosenamen verniedlichten, galten mir damals wie heute, als infantile Verantwortungsverweigerer. „Hallo Peter Putzi", brachte ich über die Lippen, und versuchte diesen Gruß halbwegs freundlich klingen zu lassen. Er redete weiter: „Did is ded erste Mal ded ick did mache."

Wieso war der Typ so gut gelaunt, hatte er etwa nicht diese grausigen Zimmer durch-

queren müssen, um hier her zu gelangen?
"Mir geht es ebenso wie Dir, ist das erste
Mal", antwortete ich.

Sein Lächeln erstarrte und wich, binnen Sekunden, einem ärgerlichen Ausdruck. Sein
Tonfall gab meinem Eindruck recht: „Did
is nich in Ordnung, ick hab den vollen Preis
bezahlt und da hab ick och ded Recht uff einen Profi."

Dachte dieses bärtige Urgestein etwa, dass
ich den Kurs leite? „Das ist ein Missver-
ständnis, den schamanischen Trance-Tanz
leitet Elaforo", beruhigte ich ihn. „Äh, wat
denn für nen Schamtanz mit Elefantino?
Icke bin hier, wejen der erotischen Massage",
blökte er und setzte nach: „Jetze wird ded ma
hier langsam zu blöde, echt jetze. Erst führt
ma so een altet Spinnenjebein durch leere
Zimma, wo überall olle Köppe an die Wän-
de hängen und jetze sitz ick och noch neben
so ner Klemmi Puff-Ärmel-Mutter, die zum
Schamtanz will."

Das war zu viel. Gerade setzte ich an, den Typ mit Worten zu beschimpfen, die ich ohnehin hier nicht hätte nieder schreiben können, ohne einen Imageschaden zu erleiden, als eine junge hübsche Frau den Schauplatz betrat.

Sie war einzig mit einem Tuch bekleidet, das ihren Schambereich bedeckte. „Ja wat sehn denn meine geschundenen Augen, did is ja mal een schöner Anblick", freute sich Putzi und musterte, offensichtlich voller Vorfreude, die nackte Elfe.

„Bist Du Peter?", fragte die Frau. „In volla Lebensgröße Zuckerpüppchen!" Peter Putzi sprang auf. „Dann geh doch bitte schon mal in die Kabine Peter und leg ab, ich bin gleich bei Dir". Von einer zur anderen Sekunde war all sein Unmut verraucht und Putzi verschwand hinter dem karminroten Vorhang.

Ja, hau bloß ab, du pubertärer Kindskopf im Körper eines Bierkutschers, dachte ich gehässig und fühlte mich gleich besser.

Ein Schwall feucht-warmer Luft umnebelte mich, als die Holztür der quadratischen Sauna-Kabine mit einem Ruck geöffnet wurde und ein nackter, rothaariger Mann, circa Ende 20ig, lässig auf mich zu steuerte. Hinter ihm sichtete ich vier weitere Nackte – zwei Männer und zwei Frauen.

„Hallo", begrüßte mich der Rotfuchs und schenkte mir ein herzliches Lächeln: „Du bist bestimmt Rita, die neue Teilnehmerin? Schade, dass du nicht früher gekommen bist, denn dann hättest du dich mit uns in der Sauna vorwärmen können. Ich bin Elaforo – natürlich ist das nicht mein bürgerlicher Name." Schwungvoll legte ich, immer noch sitzend, den Kopf in den Nacken und reichte dem Kursleiter, der jetzt unmittelbar vor mir stand, die Hand.

Dabei starrte ich unverwandt in seine blauen Augen. Eher hätte ich einen Nackenkrampf riskiert, als meinen Blick direkt auf sein

Glied zu richten, das zweifellos freundlich in die Welt hinein hing.

In einem Punkt hatte Peter Putzi, dessen erotische Massage ohrenscheinlich in vollem Gange war, recht. Tatsächlich war ich verklemmt, wenn es um Nacktheit, Intimität, überhaupt um allzu Körperliches ging.

Meine Gehemmtheit verbarg ich hinter einer gelassenen Miene. Nach dem kurzen Gespräch mit Erik Druckmeister, so der bürgerliche Name von Elaforo, sprang ich auf und begrüßte die anderen anwesenden Trance-Tanzenden stehend.

Geschickt hangelten die Kursteilnehmer nach ihren Kleidungsstücken, die sie auf zwei kleinen Hockern neben der Sauna deponiert hatten, und kleideten sich an.

Unsere kleine Schar verließ die Wohnung und wir gelangten, über den Hof schlendernd, in den ersten Stock eines gegenüber liegenden Hauses.

Der Tanzworkshop erwies sich als seriöse und überaus anstrengende Veranstaltung. Begleitet von indianischen Gesängen aktivierten wir paarweise und wechselseitig, mithilfe von Halbedelsteinen, unsere acht Körperchakren.

Dabei lag jeweils eine Person auf dem nackten Fußboden, während ihr Pendant, in gebückter Haltung, um sie herum hüpfte und die Energiebahnen mit kreisenden Bewegungen belebte – hierzu wurden die Steine nur wenige Zentimeter über dem Körper des Liegenden bewegt.

Engelhardt, so hieß mein Mitstreiter, schien sich nur noch an zwei Chakren zu erinnern. Denn er kreiste mit seinem Stein fast ausschließlich oberhalb meines Herzchakras, auf Brusthöhe, oder knapp über meinem Sakralchakra, welches auch *Das Süße* genannt wird. Mir fehlte einfach die Kraft, mich über ihn zu ärgern und so schloss ich die Augen, stets hoffend, dass Engelhardt, der seiner Statur nach eher Engelfels hätte heißen sollen, nicht das Gleichgewicht verlor und mich unter sich begrub.

Nach drei gefühlten Jahrhundert-Stunden nahm die Prozedur endlich ein Ende. Zur Abschlussrunde saßen wir, einen Kreis bildend, im Schneidersitz. Genauer gesagt saßen die anderen im Schneidersitz. Ich hockte da, zusammengesackt wie ein defekter Klappstuhl und hielt meinen Kopf mit Mühe in der Vertikale. „Na, das war doch wieder eine sehr schöne Trance-Sitzung", behauptete unser Kursleiter. Die anderen nickten zustimmend. „Und Rita, spürst du schon die Wirkung des Reinigungsrituals in deinen Chakren?", fragte Elaforo und schaute der zerschundenen Gestalt vor ihm mitleidlos ins Gesicht. "Auf jeden Fall spüre ich jeden einzelnen Knochen", raunte ich und war nicht bereit auch nur ein einziges, weiteres Wort zu sagen.

Warum hatte es Erik Elaforo nicht dabei belassen können? Wie auch immer, er sprach weiter: „Heute war es für dich wohl noch anstrengend, wenn du aber weiter machst auf diesem Weg, dann kannst du dich dauerhaft energetisch reinigen. Also bist du dabei?"

Niemals wieder, dachte ich und antwortete mit einem schwachen Lächeln: „Ich würde ja sehr gern wieder kommen, aber ich wandere nächste Woche mit meiner Familie aus – in die Toskana. Mein Vater hat dort einen Olivenhain geerbt." Unfassbar, wie ungeniert ich log. Vor allem, angesichts der Tatsache, dass ich auch einfach hätte sagen können, dass ich keine Zeit habe.

Erik schaute mich einen Augenblick lang ungläubig und prüfend an, entschied dann aber wohl, dass es für mich keinen Grund gäbe, mir eine derartige Geschichte aus den Fingern zu saugen. Deshalb verlieh er seinem Gesicht einen bedauernden Ausdruck: "Schade, dann vielleicht im nächsten Leben – alles Gute für dich!"

Während ich nach Hause wankte, wurde mir klar, dass die erworbenen Rücken- und Muskelschmerzen nicht so einfach von allein weggehen würden. Deshalb suchte ich am nächsten Tag meinen Orthopäden auf. Von ihm erhielt ich eine wohltuende Schmerzspritze und dazu noch einem Stützgürtel, den ich eine Woche lang tragen durfte.

Sie können mir glauben, dass ich von meinem speziellen *Hobby* kuriert war. In Zukunft sollten für mich keine Experimente mehr in Frage kommen. Und dieser Maxime wäre ich auch mit Sicherheit gefolgt, hätte ich nicht zufällig drei Wochen nach dem geschilderten Vorfall folgende interessante Anzeige gelesen...

Der Mensch

Der Mensch, der hält sich gern für wichtig
und will als jemand gelten, doch selbst wenn
er sich noch so müht, zu wahrer Größe reicht
es selten.
Meist tappt er ruhelos und recht lädiert
durchs Leben, und selbst wenn er sein Bestes
gibt, dann liegt er oft daneben.

Oh! All ihr Getier auf Erden; lasst uns
hoffen niemals Mensch zu werden.

PATSY AUS BERLIN 2019

Das letzte Wort hat Patsy

Sie glauben doch wohl nicht ernsthaft, dass ich mich darum gerissen hätte in dem Kurzgeschichten-Band einer völlig unbekannten Autorin aufzutauchen. Offensichtlich hat jedoch meine Person im Gehirn dieser Frau so viel Aufsehen erregt, dass ich nun zur Offenbarung meiner Existenz genötigt werde.

Da dies so ist, will ich gleich zu Beginn zweierlei klarstellen. Hunde sind nicht nur die besten Freunde des Menschen; sie sind auch die einzigen wirklichen Freunde dieser Spezies. Weshalb wir, schon vor Ur-Zeiten, eine so enge soziale Gemeinschaft mit diesen Trockennasenprimaten eingegangen sind, entzieht sich meinem gesunden Hundeverstand.

Und – falls Sie Hunden begegnen sollten, die, obwohl sie schlecht behandelt werden, loyal zu ihren Haltern stehen; dann liegt der Grund dafür nicht etwa in einer treu-doofen, hündischen Unterwürfigkeit, sondern schlicht in der Einsicht in die eigene, existenzielle Abhängigkeit.

Was mich betrifft, so bin ich eine elf Monate junge Hündin.

Meine Halter Rolf und Dagmar haben mir, nach der Adoption, den Namen Patsy gegeben.

Rolf hat eine, angeblich mürrische, Großtante dieses Namens und ich erinnere ihn an diese Tante, sagt er. Eine Frechheit ist das – mich mit einem alten, menschlichen Griesgram zu identifizieren.

Ungeachtet dessen muss ich zugeben, dass ich es mit meinen Menschen schlechter hätte treffen können. Die beiden, zwei liebenswerte Einfaltspinsel, sorgen gut für mich.

An meinen Ausführungen haben Sie sicher schon ablesen können, dass ich eine Art Laune des Universums bin. Meine Klugheit und Sensitivität übersteigt jedes normale Maß. Eingeschlossen in einen, schwerfällig wirkenden, Körper, ohne Aussicht je in meiner Persönlichkeit erkannt zu werden, laviere ich mich durchs Leben.

Meine Mutter, eine reinrassige deutsche Bracke, riss sich an einem schönen, sonnigen Tag von der Leine los und verschwand mit einem vorbei laufenden Rüden in den Büschen. Bis heute ist sie meinen Geschwistern und mir noch eine Erklärung dafür schuldig, weshalb sie sich ausgerechnet mit einem trantütigen, kurzbeinigen und triefäugigen Basset eingelassen hat. Den Grund dafür werde ich aber wahrscheinlich nie erfahren. Denn vor zwei Monaten habe ich meine Ursprungsfamilie verlassen, um Dagmar und Rolf in ein neues Leben zu folgen.

Kennen Sie die Geschichte von dem Teddybären, dessen Lächeln falsch herum angenäht wurde? Durch einen Fehler der Hersteller wirkte er so grimmig und traurig, dass ihm niemand ein Zuhause geben wollte. Mir erging es lange ebenso. Deshalb befürchtete die Züchter-Familie meiner Mutter schon sie würden mich nie loswerden. Das Ehepaar Bimsel war anfangs ohnehin nicht erfreut, als die „charmanten Bastarde", wie sie meine Geschwister und mich nannten, das Licht der Welt erblickten. Meine zwei Schwestern und meinen Bruder schlossen sie jedoch rasch ins Herz und gaben ihnen die Namen Rosa, Dalia und Nando.

Nur wenn sie mich ansahen verzogen sie immer so gequält das Gesicht und verschoben die Namensgebung ein um das andere Mal. Diese Reaktion verstand ich, eine kleine Welpe ohne Spiegel, überhaupt nicht; es tat weh!

Richtig schlimm wurde es, als unsere Vermittlung begann. Mein Bruder und meine Schwestern fanden schnell neue Familien. Ich beobachtete gerührte Erwachsene und glückliche Kinder, die meine Geschwister liebkosten und kurz darauf mit ihnen fortgingen.

Wenn die Kinder mich hingegen ansahen, dann trat wahlweise ein abweisender, erschrockener oder mitleidiger Ausdruck in ihre Augen. Zwei der *lieben Kleinen* fingen bei meinem Anblick sogar an zu weinen; es tat weh!

Den Äußerungen der Menschen entnahm ich, dass mein Antlitz grimmig, traurig oder gar vorwurfsvoll deprimierend wirkte. Und all dies nur, weil meine Lefzen tiefer herabhingen, als bei anderen Hunden. Damit wir uns richtig verstehen, meine Lefzen hängen heute immer noch tiefer herab, als bei anderen Hunden und das werden sie auch immer.

Jedenfalls blieb ich übrig und die Bimsels suchten fieberhaft nach Möglichkeiten mich in ein gutes Verkaufslicht zu rücken. Es fielen zum Beispiel die Wörter *Schnäppchen* und *Blindenhund.* Irgendwann hatte Frau Bimsel, nach eigener Aussage, eine super Idee. Wie diese glorreiche Idee aussah, erfuhr ich am eigenen Leib, als drei Tage später ein Paar seinen Besuch ankündigte. Die Annonce: *Kleiner Hund für große Individualisten* hatte sie angesprochen. In welcher Hinsicht Rolf und Dagmar Individualisten sein wollen ist mir allerdings ein Rätsel – aber egal.

Am Vormittag des Besuchstages lief das Züchter-Ehepaar nervös durchs Haus. Ich wurde aus meinem Körbchen geschubst und Frau Bimsel schmierte mir eine kalte, klebrige Masse ins Gesicht. Besonders viel von dem Glibber verteilte sie, immer von unten nach oben streichend, auf meinen Lefzen. Triumphierend redete sie auf mich ein: „So,

du hältst jetzt ganz still, dann kann das Ei-
klar gut einziehen und Du hast wenigstens
für die nächste Stunde ausnahmsweise eine
freundliche Visage."

Das Timing für diese schmierige Aktion war
perfekt, das muss ich der Bimsel lassen. Es
klingelte nämlich wenige Minuten später an
der Haustür und inzwischen fühlte sich die
Masse in meinem Gesicht so fest an, als ob
mir jemand das Gesichtsfell über die Ohren
gezogen hätte.

Ein Mann betrat den Raum, ging auf mich
zu und beugte sich zu mir hinunter. Er lächelte freundlich, das konnte ich erkennen,
auch wenn sein Mund fast verschwand; hinter einem Gestrüpp von dunklen Haaren.
Später erfuhr ich, dass Rolf dieses Ge-
sträuch in seinem Gesicht *Bart* nennt.

Der Besucher, also Rolf, war jünger als Herr
Bimsel und roch gut – nach Erde und Gras.

Gerade streckte er seine Hand nach mir aus und wollte mich streicheln. Da erklang schrill die Stimme der Züchterin: „Bitte fassen Sie unserer kleinen Prinzessin nicht ins Gesicht Herr Garder; das macht ihr Angst. Sie braucht etwas Zeit, bis sie Vertrauen fasst."

Die Hand schnellte zurück.

Jetzt entdeckte ich auch die Frau. Sie hatte lange, kupferrote Haare und strahlte Wärme aus. Lächelnd schaute Dagmar zu mir hinunter und verkündete mit samtiger Stimme: "Genau nach diesem Hund haben wir gesucht; schau nur, die optimistische und fröhliche Ausstrahlung. Was meinst Du Schatz?" Rolf nickte und die vier Menschen verließen das Zimmer.

Durch die geöffnete Tür hörte ich, wie die Bimsels meine Gesundheit und meinen Charakter lobten. Auch hätten sie schon alle nötigen Papiere und Bescheinigungen zurechtgelegt. Wenn das Ehepaar Garder wolle, dann könne es mich stehenden Fußes mitnehmen. Und wenn die beiden jetzt die volle Kaufsumme nicht dabei hätten, so genüge auch eine Anzahlung.

Wie ein unnützes Stück Vieh habe ich mich gefühlt. Dazu klebte die ganze Zeit auch noch dieses Zeug in meinem Gesicht und verlieh mir offensichtlich einen clownesken Ausdruck.

Anscheinend wurden sich alle einig; denn als Dagmar und Rolf freudestrahlend wieder auf mich zu kamen, nahm mich Rolf auf den Arm und trug mich aus dem Haus. Sie können sich gar nicht vorstellen, wie schnell sich die Tür hinter uns schloss. Immerhin fand Herr Bimsel noch die Zeit uns hinterherzurufen: „Und vergessen Sie nicht, Sonderangebote sind vom Umtausch ausgeschlossen."

Rolf und Dagmar schienen dies für einen Scherz zu halten, denn sie wandten sich mir zu und flüsterten, aufmunternd klingende, Laute.

„Ich zerfließe gleich", hörte ich Dagmar sagen. Rolf nickte: "Zum Glück steht unser Wagen gleich da vorn!"

Es war wirklich sehr warm, worüber ich mich freute, denn die klebrige Masse, um meine Schnauze herum, begann langsam wieder weich zu werden. Noch bevor wir das Auto erreichten, löste sich das Fell und meine linke Lefze rutschte in ihre natürliche Ausgangsposition zurück.

Am Auto angekommen war es Dagmar, die mich hinein und auf ihren Schoß hob. Die beiden schnallten sich dunkle Gurte um. Rolf warf einen letzten, wohlwollenden Blick auf Dagmar und mich; jetzt hätte es, nach meiner Meinung, eigentlich losgehen können.

Stattdessen schlug Rolf plötzlich die Hände vor den Bart und gab einen Schrei von sich: „Der Hund, mein Gott, das Tier ist ganz schief im Gesicht. Bestimmt ein Schlaganfall!"

Im ersten Augenblick wusste ich gar nicht, was er meint und habe mich selbst erschrocken – dann erinnerte ich mich wieder an das klebrige Ei-Zeug.

Dagmars Reaktion entspannte die Situation auch nicht.

Sie schnappte nach Luft und krakeelte: „Schnell zum Notarzt – gib Gas!" Der Wagen nahm schnell an Fahrt auf und während der Wind, welcher durch die geöffneten Seitenfenster blies, unsere Haare und Ohren fliegen ließ, rasten wir durch die Innenstadt. Nur an roten Ampeln musste Rolf, bei aller kopflosen Geschwindigkeit, denn doch halten.

Wir standen also vor einer dieser Ampel,

da spürte ich Dagmars Finger in meinem Gesicht. Sie musste wiederum die klebrige Masse gespürt haben, denn sie wandte sich an Rolf: „Unser Hund hat etwas Klebriges im Gesicht – fahr mal rechts ran."

In einer ruhigen Seitenstraße angelangt, begannen die beiden mich zu befühlen. Rolf holte einen Lappen aus der Jacke und tränkte diesen mit Wasser aus einer Flasche – er rieb mein Gesicht gründlich ab und so löste sich auch meine rechte Lefze aus ihrer klebrig-breiigen Umklammerung.

„Diese Bimsels haben uns betrogen", sagte Dagmar, scheinbar empört und zugleich erleichtert. Rolf schaute erst mich und dann seine Frau an. „Genau nach diesem Hund haben wir gesucht. Schau nur, die optimistische und fröhliche Ausstrahlung", äffte er Dagmar nach. Es klang aber nicht böse – eher amüsiert.

Einen Moment lang trat Stille ein. Dann fingen beide gleichzeitig an zu lachen; sie lachten lange und laut.

Bevor Rolf den Motor wieder startete wiederholte Dagmar, immer noch mit Lachtränen erstickter Stimme: „Und vergessen Sie nicht, Sonderangebote sind vom Umtausch ausgeschlossen."

Sicher wollen Sie wissen, wie es mit mir und meinen Menschen weitergeht, oder?

Ich will es jedenfalls wissen. Die Autorin hat jetzt sogar beschlossen, einen ganzen Roman über mich zu schreiben.

Das Buch trägt den Titel PATSY HAT DEN BLUES. Den Blues? Na, so ein Quatsch! Der werde ich gehörig auf die Finger schauen müssen.

Autorenvita

Die Autorin lebt und arbeitet in Berlin.

Seit ihrem Studium der Philosophie und Erziehungswissenschaft an der FU Berlin, ist sie als Dozentin tätig – für verschiedene Unternehmen sowie unterschiedliche Zielgruppen. Ihr besonderes Engagement gilt dem Tierschutz und der Tierkommunikation.

Inhaltsverzeichnis